푸른갯펄 세상
진검진검 걷다보니

동인문예 詩人選 004

푸른갯펄 세상 진검진검 걷다보니

2024년 12월 30일 제1판 제1쇄 인쇄
2024년 12월 30일 제1판 제1쇄 발행

지은이   오재균
디자인/인쇄 동인문화사
등록번호   제 사144 호
주소   34571 대전광역시 동구 태전로131번길 2
전화   042-631-4165
팩스   042-633-4165
이메일   dongin71@daum.net

ISBN 979-11-88629-19-0

푸른갯펄 세상
진검진검 걷다보니

오재균 시집

동인
문화사

　뿌려진 씨앗 언젠가는 새싹 틔운다.

　뒤돌아 보면 29세때부터 습작을 시작하여 오던중 눈병을 얻어 어제를 오늘로 오늘을 내일로 차일피일 미루다 2024년에야 출판을 결심하고 동인문화사 이정현대표님과 출판을 상의한바 흔쾌히 허락해 주셔서 이번에 출판을 하게 되었습니다.

　대표님과 임직원 여러분에게 깊은 감사를 드리고 문예마을 이성기 대표님과 임직원 여러분에게도 이 지면을 통해 감사를 드립니다.

　그리고 곁에서 아낌없는 도움을준 아내 정정순님 에게도 고마움을 느끼고 사위 이정호 딸 인명이와 며늘아가 추윤정 아들 상명이에게 고마움을 느낀다.

　특히 문예마을 사무국장 송미순 시인에게 특별한 감사를 드리오며 문예마을 회원 여러분에게도 감사 말씀을 드립니다. 그간 저를 도와주신 모든분께 다시 한 번 깊은 감사 올립니다.

2024. 11. 13.

一泉 오재균

차 례

청매 홍매 백매 꽃봉우리 잔설에 맺힌 봄날

녹음 바람이 날리고 흰구름 따가운 태양에 떠있는 여름

서늘한 바람에 흰서리 내리고 누런 들판 일렁이는 만추

햇빛색깔 눈 쌓여 백발산천의 한겨울

청매 홍매 백매 꽃봉우리
잔설에 맺힌 봄날

강남제비 한 쌍

텅 빈 싸리문 고향 집 처마 안쪽에
제비 한 쌍
뻐꾸기 지쳐 울고
안산 소나무 생채기
아이들 입맛 떫다

농부들 못자리 쟁기소리 한창일 때
보드란 못판 흙 한 줌 한 입 떼어
처마 밑 마루 위 둥그런 집 짓고 있는데
집 속엔 부드러운 털 모아 마무리하고
새하얀 알 서너 개 낳아
천둥 소나기 오는 날에도
살진 먹이 골라 골라 잡아준다

새끼 제비 금테 주둥이 대구입되어 목젖 보이고
어느새 까만 털 두세 개

깃털은 기틀은 날로자라
앞마당 빨랫줄에 날갯짓하는데
양떼구름 한 무리 지나간다.
어미 새끼 제비 강남 날아가니 빈 둥지만 남아
덩그러니 돌아올 봄 서서 기다린다

꽃보다 아름다운 단풍

푸르른 이른 봄날
겨울 지난 꽃눈 잎눈 마주 보며 환한 미소
새소리 물소리 속에 꽃도 잎도 열린다

열매 맺은 꽃
피우다 진 꽃
꽃봉오리째 떨어진 꽃

푸른 잎은 점점 자라
떨어진 꽃잎 그리워 불타는 노을 단풍
팔색조 무지개 소리
꽃보다 아름다운 단풍 잔치판

나그네 쌈지와 대통

부싯돌 있으나 쑥솜 없어
쌈지에 쑥솜 있으나 부싯돌 없다

담배 한 되통 언제 피우나
담배 한 대통 쉴 참 없이 걸어온
저 나그넷길도

부싯돌 끝에 이는
일점 섬광이라

높은 나리꽃

만춘 초하에 영춘화 매화 개나리
진달래 철쭉꽃 허드러 지게 피었다 지니
열정의 여름꽃 나리 한 송이 피었다

초록싹 밀어 올려올려 잎 사이사이 옥구슬 엽아
높은 나리꽃 피웠더니

높은 나리꽃
잎 사이 옥구슬 엽아 보지 않아

아이야 거룻배 준비 되거든
섬 기슭에 작은 갯나리 꽃
찾으러 가자
섬 기슭에 작고 낮은 갯나리 꽃 찾으러 가자

누나와 동생

두껍아 두껍아
헌 집줄께 새 집다오
인명이와 상명이는 참 잘도논다

누나는
두껍아 두껍아
헌 집줄께 새 집다오
목청을 돋우고

상명이는
뚜벅— 뚜벅—
집집제리 집집제리
힘도들다

인명이는
한번 더
동생
힘들고

뚜벅— 뚜벅—

집집제리 집집제리도
세월을 따라 나선다

언젠가
억겁의 시간속에
꿈은 이루어 지겠지

누에나방 점자

늦은 봄 사월 누에나방알 낳아 하얀 사랑 점자 두세 점
여드레 지나 까만 점자 대여섯 점

까만 애누에 나와 하얀 뜨물 뽕잎 썰어 주고
잠사 채반에 누에 올려 뽕잎 주면 소나기 소리
세 번 잠재워 큰 누에섶에 올려
서른 한날 지나 하얀 누에고치 한두 송이 피어나더니
늦가을 널따란 목화밭이라

이제는 텅 빈 고향 잠사에 거미 직녀
은빛실 뽑아 집 지었는데
먼지만 푸석푸석
분홍 명주실 비단 사이로 엄마 누나 하얀 웃음 보인다

늦은 귀가(歸家)

역전 길모퉁이 파전집 뜨거운 닭똥집 튀겨
냄새는 코를 싸고 모락모락 피어올라
모깃불 되어 찾아오네

미친 하늘처럼 전봇대도 미쳐 흔들려 춤을 추고 있네
이 사람아, 왜 그러나!
그래도 전봇대는 막무가내 네가 미쳤지 내가 미쳤나

전봇대 끝은 땅속을 파고들고
머리끝 찾던 전봇대
그 밑 세워 끝이 되고 끝 세워 밑이 되어라
좁은 길도 없어졌네
없던 바람도 동무가 되어
살랑살랑 불어와 다정히 어깨동무하네

왼쪽 다리는 오른쪽으로
오른쪽 개 다리는 왼쪽 다리를 휘감네

어쩔까 하늘 한번 보고
별 따라 쪼개진 달따라 한없이

가고 있다네
허허참 그것

똥통 속 인생

인생은 똥 속에 살다 가는 것
너와 나는 똥 속에 행복했지
손가락질하며

그때가 좋았지
한없이 좋았어
그래도 그곳 똥통속이라네

빠끔히 먼저 내민 머리
그리도 똑똑해
얼마 있어 머리 내미니
같은 똥통 속이어라

인생은 똥속에 웃다 울다 웃으며,

쇠똥구리 처럼
말똥 쇠똥의 사각(四角)을 갈아
연일(連日) 번갈아 굴리네

모양성 공북루에 올라

지켜온 모양 부리 뫼 봉우리
성틀봉 인천강 뗏목에 실려 쌓인 성벽
바위옷 천년세월 말해 주고

모양성 공복루에 올라 성안 바라보니
노송 왕대 치누대 진달래 철쭉 정겹게 어울려 산다

성밖 인심 깨진 질그릇 물동이 조각조각
이끼 낄 틈도 없는데
해자 넘실대는 똬리 위 물동이
물동이 옛정 그립구나

목련 나무

한 소년 까만 목련씨 희망 담아 심었지
시는 양팔 벌려 깊은 잠 깼다

무성한 옥색 치맛 바람에 흩날려
소낙비 천둥 먹구름 뭉게구름 파란 하늘 보내길 수차례
종달리는 아지랑이 따라 오르내리고
정다운 방울새 떼 지어 놀고
청승스런 소쩍새는 소쩍소쩍
목련꽃은 슬픈 여인 눈물이 돼
봄도 가기 전 앞마당에 후드득 후드득 떨군다
잎새는 눈부신 녹색 치마
바람은 녹색 치마 붉게 물들여
빛 곱던 홍엽도
해와 달그림자 속에
한장 두장 날아 간다

목련 나무 여름철 명태 덕장 말뚝이 된다.
정이 마른 오래된 나무라 베어 둥지만 남았는데
목련 나무는 파란 눈이 펑펑 쏟아지는 날
둥치에 목련꽃보다 아름다운
겨울 속 노란 버섯 꽃 피웠네

민들레

도솔산 선운사 돌담 밑에 돌맹이 사이 곱게 핀 노란 하
얀 민들레
어느새 봄날 지나 꽃씨 달고 우주여행
수도승 머리인 듯 꽃대 두 그루

물에 앉지 말고
바위 위에 앉지 말고
사막에 앉지 말고
늪지에도 앉지 말고
싹 틔우기 좋은 곳 안착 기도하듯

안착기도 하듯 동구 밖 자식 배웅하고 서 있는 두 그림자
서산에 지는 노을만 멍하니 바라 보고 서 있어

백두홍

겨운해 덮었던 하얀 눈 이불
봄볕에 빨아

무덤 주변에 빨랫줄
줄지어 빨래 널어 말린다

어느새 봄 여름 지나 은빛 머리카락
날리는 바람꽃

보일락 말락 한 꽃 한 송이

수레바퀴 자국에 피어난
보일락 말락 한 꽃 한 송이 앞에
쪼그려 앉아 마주 보니

커다란 향
가슴 저리게
아뜩하다

봄

바람 눈 강추위 북녘 보고 싶어 남해서 날러 온다
눈 얼음 밑에 흐르는 물 하늘 보고 싶어 구글우글 눈 끔
적끔적 거린다
땅도 알짱 구름 없는 새파란 하늘 보고 싶어 초록 눈 깜
박 뜬다

갓 엄마 젖꼭지 부풀 듯 나무 꽃망울 잎 멍울 서로 보며
웃는다
태양 사물 보고 사물 태양 보고 또 보고

만물 서로 보고 또 보고
여기 보고 저기 보고 가까이 보고 멀리 보니 봄이구나
봄이 봄인가

봄날

어제 매화 꽃눈깨비 흩어지더니
불꽃 산들에 뛰어다닌다
오늘 아지랑이 한 송이 피어 나더니
종달새 높이 떳다

자운영 들판 군데군데 꽃방석
화문석 꽃자리
황금색 송홧가루 뒹굴면
마음 오글불통 풍선 되어 날아간다

봄바람이 떠난다

춘풍에 동백꽃 떨어지더니
오던 벌새도 벌써 떠났떤가

빈 쭉정이의 꿈

키질 풍구 바람에 날려
너는 너는 알곡으로 남아라
알 속으로 남아라

나는 빈 쭉정이로 남아
잿빛 하늘에 하늘하늘 날고 싶다
알곡 초록 싹틔울 때
거름 되리라
알 속 빈 쭉정이 돌고 돌아 그렇게

빈 알곡 속에
빈 쭉정이 속에도
시퍼런 피 사방에 흘러라
빈 쭉정이의 꿈

사자평

언제부터 봉우리 봉우리 위 천황봉(天皇峰) 있었나
구름에 휩싸인 방주가 되어
선녀가 금방이라도 내려와 멱감을 것 같은
신선(神仙)의 평원 사자평

파르스란 새싹이 돋으면
하늘은 내려앉아 떠날 줄 몰라
막걸리 한 사발에 하늘 쳐다보고
도토리묵 한 점에 땅 한번 보며,
시원한 물줄기 기둥이 되어 표충사 때리고
파란 물에 넋잃은 길손이여

으악새가 으악으악 소스라치게 울면 벌써 가을인가
하얀 머리 이리저리 흔들고 기러기 날면
먼 고향 바라본다

흰 눈 선녀와 춤추고 나면
별천지 되어 하늘인가 땅인가
신선(神仙)되어 구름 타고 한없이 가고 있네

모든 세상은 하늘 속에 있고
이곳이 천상(天上)의 하늘나라 이런가

아름다운 소리

톡톡톡
월출산 도갑사 커다란 목탁 머리로 두드리면
속 빈 바람 소리

탁탁탁
해림산 만어사 석탁 돌로 두드리면
텅텅텅 만어 소리 난다

퍽퍽퍽
인탁 주먹으로 두드리면 팍팍 답답 소리 나지 않아
얼마나 비우고 비워야 목탁 석탁 고운 소리 날까
텅 빈 범중의 향이여

아버지의 지게

고향 초가집 허청 한켠에 작대기도 없이
등두러니 서 있는 지게 하나

어느 푸르른 봄날 마당 한편
채송화 분꽃 나팔꽃 맨드라미
접시꽃 능소화 나리 도라지
코스모스 국화
동백꽃 피고 지고 세월도 갔다

산판 벌목 공출 나락 가마 지고
파리재 넘어 장성 사거리역 가던 새벽 지게
볏짚 멜방 등태 삭아도 땀 베인 눈부신 하얀 소금꽃
눈어리게 남았구나

영남루

달 빛도 빗겨선 옷칠의 영남루
은어 피라미
뱃다리 건니 희미한 가로등
부슬비 귀신 눈물 되어 내리고

포장마차는
벌겋게 달아 있고
오가는 길손은 정신이 없네

그래도 나는 가리
환희의 세상
그대와 더불어 꼭 가리라

손에 손을 잡고
끝없이 가리
초원의 벌판 지나
은빛 바다 건너

빈손으로
말없이
오늘도
간다

오죽 대금

둘인 듯 하나 굽은 쌍골 오죽 바로 잡아
막힌 마디마디 숨 틔어
취구 하나에 천공 하나 지공 조정공 내어

우람한 폭포 소리 높은 구름 탄 듯 잔잔한 호수 인양 댓
잎 바람에 흐느끼는 듯 우르 내리 부니

봉창 밖에 어느새 왔는지
백색 달빛에 젖어
백로 한 마리 외로이 춤추고 있다

오줌싸개

오늘 아침 힘차게 떳떳이 일어났지
그래도 물이 새었나 밤새워
어여쁜 마을이 옹기종기 고향되어 그려졌고
자상도 하시던 어머니
소금 얻어 오니라 쪽박 키씌워
이른 새벽 고샅 헤맨다

호랑이 할머니 집 앞에 서성서성
오줌은 이내 찔끔 찔끔 거리고
소금 받으러 쪽박 삐죽이 내밀어도 소금 주시지 않고
행주로 야멸차게 불치면 소금은 저만큼 날아나
뒤를 쫓아오네 반쪽박
정수리에 덜렁이는 키여

몸은 받은 소금에 절인 배추 되어
터덜 턱터덜 돌아오는데

닭똥집 누런 속껍질 밀가루에 묻혀 말려
어정하며 숨어숨어 몰래몰래 먹어 본다

그   오줌

       오줌   오줌
오줌   오줌
       오줌   오줌
              오줌
오줌   오줌

       오줌   오줌   오줌

       오줌   오줌
              오줌
오줌   오줌   오줌   오줌
              오줌
       오줌   오줌

아름다운 세상지도 이제는 그만
그래도 내일은 또

외로운 길

아장아장 걸어온 길
뒤뚱뒤뚱 걸어온 길 헐레벌떡 걸었지
앞길 보며 걸었지

걷다 멈춰 하늘 보니 세상에는 길도 가지가지
길도 많이 있었지

길은 가도 가도 또 그 길
한 번 간길 되돌아갈 수 없나
그지없이 가야 할 외줄 길

이별 속에 만물의 만남이

산과 들에 비가 온다. 어제도 내일도 비가 온다
산골짜기 흐르는 물 실개천 되고
들판엔 도랑물

하천 되어 만나 흐르다 헤어져 강 되어 만나네
산줄령 만나 이 강물 저 강물 또
헤어져 끝 간데없이 흐르다

이 강물 내가 받고 저 강물 내가 받으니 만물이 일상이라
물 만나는 곳 바다에서야

넓은 바다에 해무 끼더니
스쳐 지나온 푸른 산과들 그리워
하얀 양떼구름 되어 달려간다

주림정(酒林亭)에 앉아서

이 세상 둘도 없는 친구와 마주 주림정(酒林亭)에 앉았으니
막걸리 맥주 소주 양주병
청산리 벽계수 김삿갓도 모여 있네

흰색 검정 녹색 갈색 병(甁)이 다 모여있어
주위에 병풍이 되어 물끄러미 서 있네

갈 길은 멀어 마음 졸이고
일어서니 궁둥이는 천근만근 납이 되어
당기고 당기네

가야지 가야지
산 너머 집으로 간다
발길은 딛어지질 않아

하얀 어름 담배 피우고
간대 끝 붉은 하늘을 본다
걸어라 본 고향 찾아 또 걸어라
파란 별빛을 쫓아

죽음의 향기

노상 푸르른 죽음 먹고
불그레한 죽음 뜯고
검푸른 죽음 씹으며 산다

그믐밤 죽음의 그림자 삼키듯
죽음삶 죽음 삶 돌아 돌아
죽음의 향기로 커다란 시체꽃 한 송이 핀다

죽음의 향기 흩어지고
그 자리에 쌍 무지개 뜬다

짜장면 한 그릇

짜장면 한 그릇 곁들인 군 만두 한 접시

노란 단무지 백지장 양파 어설픈 동거
밀가루 꽃 이라니
군만두 간장에 찍어 먹으면 되지
왜간장 고춧가루 뿌려 먹는가

돼지기름 춘장 뒤집어쓰고 숨어
뿌리 깊게 살 속에 뻗어 있으니
똑바로 맛있게 먹어 보자 오늘 내일도

천수답

콩 볶는 태양 오늘도 밀짚모자 연방 달구고
가름 끊이는 바람도 분다

산천온 대불무간 쇠가 되어 벌겋고
도랑의 가재는 갈 곳 몰라 하는데

쯧쯧쯧 목 쉰 머슴 새 슬픈 쟁기질
외양간 황소 옛날 생각 눈물질 펴이고

천둥
먹구름
늦은 소낙비
천수답 겹겹 다랑 논 갈이에
샛별만 서산에 반짝인다

춘란

오늘도 난 찾아 산속에 빠져
넘은 산 또 넘누나

한 손엔 불록 확대경
한 손에 호리 술병
코끝은 땅에 박혀도
춘탄은 간곳 없어라

재 너머 소심 찾아 나설쯤이면
으악새 소리 아련하다네
붉은 혀 삭아내려
하얀 마음 되었는가
수박색 처녀치마 들러 입고선
갓난이 미소 머금은 모양
소녀 인양 서 있구나

그 향기 취해 몽롱해질 때
신선되어 처녀치마 꽃이랑
함께 살자네

취한 밥

취하고 보니
세상은 그렇더라
미쳐서 가지 그 끝

세상은 미친 세월 따라
강물에
강은 언제 말랐는지
앙상한 돌무더기

취한 밥 한 수저에
잠은 깨고

세상은 죽음의 개처럼
끌리고 끌려

행복을 찾아서

숨박꼭질하듯 봄 가을 소풍 보물찾기하듯
숨은 행복 찾아 나선다

사소한 일속에
지옥 속에도
감옥 속에 있어도
우주자연 속에도 숨어 있다
공기처럼 감싸여 있어도
너무 익숙하여
느끼지 못할 뿐

행복이라 깨달아 느끼는 순간순간 어디든
꽃길 여정 이리니 그대 마음속에 있으리라

녹음 바람이 날리고 흰구름
따가운 태양에 떠있는 여름

간이역

증기차 비둘기 통일 무궁화 새마을호 빠른 소리에
날아간다

금테역장 떠나고 톳밥 날로 꺼지더니
역내 긴 의자에 잠들던 거리 천사도 떠났다

역 앞에 간이 이름표 달고 텅 빈역만이
눈 빠지게 내리는 승객 기다리는데 내리는 승객 없고
빠른 소리 열차에 놀라 부용꽃만 한 눈망울 화들짝 뜨고

또 더 큰소리 지나 가는구먼

갯벌

내 고향 고창 앞 바다엔 수만 년 세월 보내며 살던
파란 갯벌 생명터 탯줄(胎줄)되어 있었지
영원히 가야 할 그 생명처럼...
팔딱팔딱 뛰는 태양은 잿빛 갯벌 달구고
거기에 모든 것 있으리라

갯벌은 조각 조각이나고 도살장 가는 소 되어
먼 곳을 향해 빨려만 간다
이제는 돌아오질 못할 길 자꾸만 자꾸만 걸어가고 있구나
보드랍던 당신의 살결 한없이 그리워지고
몸 뒤척이며 깊은 잠못 이루던 시간 지나
억겁의 세월 후에 돌아나 올 약속 새파란 옷 입고 오면

천진스런 아이들 웃음소리
갯벌에 파묻혀 뒹굴고 또 얼굴에... 신나던 미끄럼타
바지락, 뿔고둥, 따개비... 농발게 춤추고
영원한 신비의 생명 터 되어 굴 따는 아낙네 곁에 있어라!

거제도(巨濟島)

저 멀리 바다 보니 섬 하나 있어
금강산이 없어 옮겨왔나 해금강(海錦鋼)
미친 듯 돛단배 타고 돌다 보니
견내량이 여기런가

숨 몰아쉬고 하청(河淸) 찾아 굽이굽이 덕치 고개
거목이 살았다던 전설의 장목(長木)
서로서로 부딪쳐 몽돌이 된 반지르르한 마음이여
독로국(瀆盧國) 공주와 멱감던 옥녀봉(玉女峰) 올라
고현성(古縣城) 둘러보다

구천이라 계곡 청계수(淸溪水)에 풍덩 빠져
흘러 흘러 바다 마음
물 위에 나르는 갈매기 무심히 자맥질하네
그리도 많던 소라·뿔고둥·뱀고둥..
가리비 너덧 마리 떼 지어 난다
심벙게 바닥기며 세상에 이런 일이 있어라
통발도 발밑으로 기네

언젠가 해마(海瑪)의 꿈

갯바람에 날리며
허공을 꿰뚫어 비상하고선
한 마리 하루살이 되어
힘차게 날아나 본다

검은 모기

산 모퉁이 돌고 돌아
조그마한 연못엔 연꽃 한 송이 피어있고
고메이 꽃창포 갈대숲이 어우러진 곳
참게 어린 갈대 미끄럼 타고

왕잠자리 헬리콥터 되어 하늘 날은다
물방개는 배영하고
유성처럼 반딧불 나는데

코끼리 코만 한 빨대 들고
오늘도 누구 피 빨러 가는가

그리운 노당(蘆堂)

산 너머 구불구불 올라가 만나야 할 형님아
어쩌다 구름 한 조각 힘없이 흘러도
내 맘에 앙금이 된 그대여

이제는 모두 다 돌아선 세상
당신만은
죽음의 강 건너 만나고 싶은 사람

저만큼 멀리 앉아
쫓아가면 또 멀리
찾아도
불러도
먹구름 속에 쌓인 옆에 웃고 있는 그대여

귀신과 같이 찾고 또 찾아도
그 곳이 좋아서
영원히 솔밭 건너 무지개 속에 갇힌
오지 않는 그대여!

나팔꽃 삼 형제 하루

고향 집 돌담 밑에 나팔꽃 한송이 피어
잠꾸러기 막내 나팔 불어 깨운다
돌방천에 금색 은색 인동초 꽃 덩굴줄기에
메꽃 감아올라 앉아

낮잠 자는 황구렁이 자장가 부른다

바닷가 갯메꽃 나팔 소리에 멀리 놀러 간 백구 파도
저녁밥 먹으러 쪼르르 달려온다

너무 빨리 도는 미친 기준아

세상은 정연(定然)히 잘도 돌고 있네
네모
세모
동그라미 다모여

돌다 튀어나와
언제나 혼자

모든 게 거꾸로 섰네
어제도
모래도
태곳적 부터

한 복판에 서 있어라

높은 산 낮은 들판도
넓은 바다 실 같은 강도
접시에 조그만 물도

미쳐 따라 돌고 또
돈다
이 미친 세상아!

능소화

하얀 햇빛 방울방울 내리는 여름 능소화
파란 별 그리워 내려온
천상의 꽃

어느 봄날에 여린 싹틔워
하늘 그리워 지네 발부리 딛고 하늘 향해
주황색 꽃 하늘에 피워

꽃대 늘여 방울방울 피는 겸손한 꽃

달랑게의 하루

고안만 동호항 옆 부등도 계명산 있었지
염전 간척 흙으로 사라진 두 섬

염전으로 쓰인다
한때에 논으로 사용되다
지금은 골프장 되었지

골프장 한 모퉁이에 거룻배 안내하던 부등도
새벽 닭 울음소리 들리던 계명산
지금은 이름만 남았다

부등도 계명산 갯가에 곰솔 모래톱에 달랑게 한 마리
모래성 집 짓고 있다 하루에 두 번 썰물에
달랑게 달랑달랑 쉼 없이 모래성 집 짓고 있다
밀물에 스러진다 해도

무화과

해남도 무화과 한 그루 푸르른 꽃망울 흔들어
벌 나비 날아 오지 않아도
무화과 까만 좀벌레 한 마리 찾아

벌과 나비 꽃 없다 하고
무화과 좀벌레 꽃 있다 다투는데

저만치 씨 하나 떨어져
무화과 새싹 백 년 하늘 밀고
나와 푸르게 자라고 있다

어허 세상 그 거짓 거참

문주란을 보며

어디서 왔는지
화분 위에 한 포기 문주란 앉아 있다
잎줄기 곧게 세워 싱그럽게 크더니

꽃대 하나 줄기에서 떨어저 나와
구부린 아픔 펴기 기다렸더니
한얀 통꽃 대여섯개 곧게 세웠다

벌 나비 용케도 향기 따라 찾아와
벌 뒷다리에 화분 두 덩이 하늘 나르고
나비 빨대 꿀 한 모금 너울너울 황홀경
새 생명 영글어 우주에 날러간다
희열 한 줄기도 따라간다 시방

미움 하나도 없으니 백 년 꽃 마음

사소한 것 버리듯
미움 바위 하나 마음 흙 속에 굴려내면 그자리에
물 스며들어 물봉선화 피고

미움 없는 텅 빈 마음에 하늘 날이 사랑향기 퍼지고
영롱한 사랑 샘물 넘쳐흐른다

어제도 오늘도
미움 하나도 없어라 기도하니
백 년 꽃 마음

바로 걷는 게

나 평생 바로 걷는 게 찾아
그 넓은 갯벌 다 헤맸다네
태초 우주 갯들에서

내가 아끼고 가장 사랑하는
고창 앞 곰소 갯벌까지
다 뒤지고 뒤져 찾았지만
모두 다 옆으로 옆으로 라네
실망과 실망의 연속이네

그러나
희망은 있을 것이여
너는 꼭 찾을 수 있다고
지나가는 갈매기 끼르륵
가느다락게 일러주고 가누나

다시 찾고 찾아
억겁 세월

후미진 대섬 모퉁이 바위 틈새

밝게
바로 걷고 있구나

이 세상 사람도 언제나 밝게 되어
바위섬 바로 오를 줄 알는지

분재 한 그루

어느 태풍 불던 날 왔는지 이름 모를까만 씨 하나
씨 하나 싹 틔웠지 물주고 유박도 주었지
점점 자라나

나뭇가지 크고 굵기도 제법
아들 이발 딸 단발머리 인양 단정
앙증도 맞다

수향 잘 잡혀 세월 앞에 늙어간
오십여 년 분재 바라보니
자연에 자랐으면 아름드리일 텐데
미안타
남은 세월 함께 하자

빨래

산더미 빨랫감
금강 너럭바위에 빨래 툭탁툭탁
걸레 마음도 빤다

다듬이질도 해야겠지
구겨진 주름 펴라

걸레 마음 비틀어 잡아 꼭 짜니
말강 눈물 한 방울에 하얀 태양 떠간다

산골에서

소리개 한두 마리 날아가던 두메산골
도랑물은 즐거워 춤추며 거칠 것 없이 제멋대로 흐르고
진달래 흐드러지게 피어 머리에 꽂고
윤사월 생채기 꺾어 입은 떫어도 마냥 즐겁던

가재 찔롱새우 빨갛게 구워먹고
피리 중고기 감뚝꿰미 꿰어 옆에 차고
토끼풀 뜯어 어깨에 메고
희망의 발길 내려온다

풀 한 짐 모기불 놓고
덕석 깔아 동네사람 옹기종기 모여
옥수수 삶아 내놓고 감자가 빠질까?

왕골 부채 살살 모기도 놀라 저 만치 가고
시원한 웃음소리 산천을 흔드네
한여름의 두메산골은 그렇게 갔었지

삼복더위

새 뿔도 녹아내리는 불볕더위
가마솥 후끈 달은 삼복더위에
얼음골 찾아 나선다

너덜 강목젖만 한 돌 틈새 얼음 바람 솔솔
얼음물 졸졸 흐르면 이마에 흐르는 땀도
어느새 쏙 들어 가고

모시 등걸이 등등 거리 삼베 토시 죽부인
시원한 바람도 탁족도 필요 없어라

얼음골 무지개 송어회 한 접시에 소주 한 잔 어떠한가
가을 지나 흰 서리 내리고
흰 눈 펄펄 내리면 고품질 흑염소 육회에 막걸리 생각
만 해도
삼복더위 벌써 저만치 멀어져

삼용복호

십년대한 장마 소낙비 신선봉 백마 손님 오면
방장옥계 넘실 북당물 우르르 굽이굽이 흐른다

황룡 백룡 청룡 빼임산 여의주 놓고 싸우는데
한 마리 백호 심판 나서고
먼 옛날 어느 신축년 대홍수 있어
마을 한옥집 봉창까지 침수되었다 전하지

황룡 한 마리 여의주 얻어 용추폭포 올라
성적굴 지나 승천하고
백룡 한 마리 싸움 지쳐 서해 용궁 힘없이 돌아가고
청룡 한 마리 쓰린 상처 앉고 동해 영궁 돌아가니
심판 호랑이 한 마리 신선봉 숲으로 들어갔다

용화사 터 앞마당에 욕망 욕심 허무한 듯 삼용복호
무거운 바위로 남았는가

세월도

세월은 간다
또다시 강물을 쫄쫄 따라

이마에 주름
굽이굽이 패여 번데기보다 더

빗방울은
하나
둘
세월 속에

저만큼 그림자 길게 늘리고
한숨 지으며 슬며시
힘없이 흔들려 뚜벅뚜벅

멱살 잡힌 채 질질
피 흘리며 가고 있네

어느 여름날

해는 서산 길게 지다 못가
빨갛게 낯 붉히고 엉거주춤 서 있다
장마지니 빨리 가라 했지

술 먹지 못한 아쉬움 인가
내일 누룩 담가 술은 곱게 익고
곤드레 해와 달이 술 취하면

무릉도원 포도 밭에 뒹굴어
저 멀리 밀밭 보네
미끄런 논두렁 이리저리 춤추며
밀주 이고 찾아오는 선녀야

호박잎 줄기 이어 이어
술 빨대 만들고 빨다 빨다 지쳐
하늘 샛별 서산 지겨워 동쪽으로 날아왔나

일어나라 친구야
내일 일할 주인아
아니 들려

안 들려

샛별이 깨우는 소리

개구리 한차례 개굴 굴개
그 큰 볼이 터져라
밤새워 힘차게
깨우고

또

깨우누나

어머니

여우 호랑이나 살았다던 방장산(方丈山) 옆 벽계동(碧溪洞)
힘차게 태어나 꿈꾸었지
새벽닭보다도 더 빨리 샘물 길어오시던
샛별 늦잠 자다 얼굴 붉히며
새털구름 속에 얼른 숨었지

구불구불 물동이 이고 졸음 쫓으며
첫 정수 받쳐놓고 기도하시던
하느님은 아실 거야

뭉게구름 한때 지나가네
올빼미와 새벽밥 짓고
올빼미는 졸려도 어머니 안 졸려
언제나 올빼미 없어질까 걱정하시던
멍청한 개는 온 동네 새벽잠 저 멀리 쫓고
버스도 없는 합장 골 건너 덕고개 성황당 너머
학교 늦을세라 고창(高敞) 보내고선
숨 몰아쉬고 동구 밖 보시며 새벽 늦잠 드신다

손은 십 년이나 쓰던 갈퀴 빨간 피 비치고

어머니 뼛속엔 피가 철철 흐르네
손등은 십년대한(十年大旱)에 땅바닥 쩌끔 이 갈라진 틈새
쌍철(雙鐵)이 되어 기차는 그 위로 매섭게 달리고
그렇게 살던 어머니

지금은 나의 몸을 휘감고
언제나 달려오는 그리운 어머니여

연꽃 향기

둥그런 돌 속에 자수정
땅속에서 빛난다

다이아몬드 햇빛 속에서도 그을리지 않고
전복 속 진주 세월 속에 영롱하듯

진흙 속 백년 한송이 달덩이인 듯
흉년 두 송이 햇덩이 인 듯
물 위로 솟았고

연잎도 하늘 향해 빗방울 하나도 튕긴다
고결한 연꽃 향기 정갈도 하다

열에 지친 선풍기

지루한 장마가 찾아왔다 내리는 비
왔다 갔다 힘에 겨워
지붕엔 물이 철철 강물이 되어 내리고
방안은
뚝뚝
이내 바다 보다 더 벌건 물이 모여 있네
恨을 삶은 터트린 물 되어

한쪽 모퉁이에 밀려 삐거덕 삑삑 돌면서
뜨거운 거품 개 되어 할딱이고 있네

세월 가고 그놈의 시간이 흘러 강 따라가고 나면

찬바람 서리 눈 내리고
선풍기는 썩어 간 곳이 없어라...
내일이 오면
세월 또 그만큼 가면 축 늘어진 개처럼
올거야
찾지 않아도 꼭 오고 말거니까

옥계항

애들아 가자
어깨동무하고 깔깔대며
바다 지나 해양로
억센 파도 해치고 땅속에 묻힌 진주

호수처럼 해맑은 바다 찾아
흙 포돛대 올려라
진주 찾아 떠나자
장보고가 휘말아 두루마리 되던 바다

소년아 가자
고래 찾던 소년아
땅속 끝까지
노아의 방주 타고 그 끝까지
진리 찾아가라
영원히
끝없이

백발 청년아, 가자
무엇을 찾아올까

어느덧 귀밑 서리 내려
바다는 얼고 이제는 닻도 얼어
힘없이 돌아오는 바다

그래도 옥녀봉 선녀 반겨주던
그 곳에 머물러 있어라
동굴섬 돌아 돌아 후미진 옥계항

원두막

구룡목 어귀 황토밭 원두막 하나
가느다란 사다리 힘겨워 올라 올라 앉으면
좁던 세상 넓어져 달려오고

6월의 따스한 햇볕에 새파랗게 그을린 수박 덩이덩이
옆에 누워있는 누런 참외 동무 되어 숨바꼭질 한창이네

원두막 밤새워 졸리고
개구쟁이 옷 벗어 놓고 수박 참외 찾아 헤맨다
허수아비 지긋이 눈 뜨면
바람에 깡통 흔들린다

다시 눈 감고 늘어진 여름 잠잔다

원두막 주위 개 되어 빙빙 돌고 돈다
하루를
내일이 오면 또
원두막 곤한 잠들기를 기원하면서

인도네시아에 두고 온 친구

나의 친구 혼(魂) 머물고 소용돌이 되어 도는
수라바야 항구야
발리섬아

거친 파도야 황량한 하늘아
오늘 너의 모습에
여우 맴을 돌고 있네

혼자서 찾아가던 그 소용돌이
발리섬 어귀
서성이고 너를 불러 목 터져 피가 흐르네

모두 다 돌아왔지
그 하늘 아래로
너 혼자만 두고서

발리섬 모퉁이 소용돌이 돌아
비석은 물이 말라
숨 거두고

발리섬 바로 모퉁이
수라바야 항구야
영원한 바다 친구여 용달아

짱뚱어탕

너의 먼 조상 장어였으리
뻘죽에 살다 보니 뛰고 또 뛰고
오늘 뛰고 낼 날도 뛰고 그침이 없다
뻘죽 벗어나 모래 자갈 갯벌에 옮겨 살면
숨 고르기 좋을 텐데

날치 한 마리 용기 있게 물 벗어나 새가 되고
개복치 한 마리 바다 걸어 나와 인간 되었듯
장어가 되었을걸

오늘도 뻘죽 벗어나지 못해 숨고르기 뛰고 뛰어 힘겹다
망둥어도 따라 뛰고 날뛰어 고통 생활
짱둥어 잡는 어부 뻘죽 대야 썰매 밀고 밀어 곤죽 고달픔
짱둥어 뚝배기탕 맛 짭조름
계미가 그만하더이다

찢어진 우산을 쓰고

햇볕이 쨍쨍 이마가 벗어지도록 쬐고 있었지
우산 쓰고 양산이라 우겼지
울까 말까 망설여

어느새 서산(西山)엔 먹구름
잠도 자지 않고 곁에 딱 달라붙어
가랑비 오고 장대비 쫓아 왔어

하하 목젖이 보이도록 웃었지
의미도 모르고

양산 찢어져 세 갈래
빗방울 물은 새고
옷에 비 안 맞으려 우산 피어도
그 양산

햇빛 머리를 쨍쨍 달구어
벼락은 쪽박에 닿고
쪽박 까맣게 불이 났네

양산
우산
쪽박아

벼락도 못막아
재가 되누나

파도

파도는 인심 이런가
파도는 아침부터 일렁 이고

그 많던 물고기 작은 돛단배 희망 큰 배
꿀꺽 꿀꺽 다 삼키고

태풍 폭풍 먹구름 지난 뒤
거울이 된다
인심은 파도일까?

호박꽃

한 농부의 정성으로
허물어진 돌담 아래 다소곳이 심겨져

발간 햇빛 파란 하늘 머금고
질 녹의 나래펴고 봄 이슬 목욕하고

먹구름 소낙비 천둥소리에 귀먹고
하늘 번개에 눈 머무나

한 여름 모깃불 사위어 갈 때
풋고추 애호박 된장국 냄새
모기는 날려도
갓 빚은 탁배기 한잔에 시름 잊은
老 농부야

호박 꽃 노란 금 꽃가루
함뿍 뒤집어쓴 어머니 같은 호박벌이여
아내 호박 꽃을 안고
떠날 줄 모르는 마음

한 마리 호박벌이 되고 싶어라

휘파람재

재주 많은 앵무새 한 마리
고양이 소리
어치 소리 잘도 낸다
안녕하세요 인사도 잘하지

앵무새 너의 목소리 무엇이냐
이소리 조소리 다 내니 종잡을 수 없다

6월에 한밤중 휘파람 새소리 청아하게 들린다
곡조도 아름답게 암수 다정히 휘파람 분다

서늘한 바람에 흰서리 내리고
누런 들판 일렁이는 만추

고인돌

커다란 고인돌 글자 없어 말 못 하고
말하려 해도 바위 속에 갇혀 말 못 하고
무언가 말 하려 해도 무게에 눌려 말 못 하고

강어귀 고인돌 옆에 갈대숲 있어
할미새 저 새 원앙새 도요새 이름 모를 물새 모여들어
정답게 말 주고 받는데

갈대 말하려 해도 갈대속 마디 마디 닫혀 말 못 하고
갈잎만 어석거린다

고통 저 편에

바람 누가 자유롭다 했는가
구름 누가 한가롭다 했는가
물 누가 여유롭다 했는가

바람도 산 절벽 빌딩 숲 때려
쌔앵 쏴- 소리 내며 멍든 몸
사방으로 흩어져 골목길로 쓰러진다

먹구름 산 부딪혀 우루루 쾅 아픈 소리
까만 눈물 쏟고 쏟아 겨우 산 넘는다
물도 바위에 탁 신음소리 졸졸 흐르고 흘러
수천 낭떠러지 길 만나 우루루 울음소리
멍든 하얀거품 안고 흘러 바다로

고통 없는 생명체 그 어디있으랴 고통바다 바람비 잦아
들어
태평한 날도 달려올 테니

고향

빌 바위 수줍어 숨어있는 방장산
당산 옆 비석 등 진도리에 땀은 송송
대불무간 구릉목 삐비 뽑아 해는 지고
외얏 등 상여 바위소새, 뱀 잡던

삼용이 정답게 사는 용추폭포 돌아
양다리쪽 장계수(丈溪水)에 하룻낮 멱감고
합장 골 구럭 메고 꼴 베러 가면
덕고개 성황당 꼬불꼬불 소 팔러 가고
아기 장터 초경(草境) 여우들 신나던

마감 논뙈기 치며 참새 훠이훠이
단수수 먹고
참새 들새 심판 보던 허수아비
하루
이틀...
마음 비우고

노적봉 달뜨면 밤새던 가이샘놀이
어느새 흰 눈 내리면 돌담에 다닥다닥 등대고

옹기종기 가오리 방패연 날리던

한 조각 찢어진 구름 빌려 얼른 가고픈

참게, 중고기 다정히 살고
서산에 해는 걸려도 내일은 오는
어머니 젖가슴처럼
안기고 싶은...

구릿대밭 마을

방장산 여덟강에 머루 다래 숭얼숭얼 열리고
구릿대밭 움집 거인족 살았다지

아버지의 아버지 마을 어른의 어른 이어 이어온 전설
화타 편작 이전 오래전에
고인돌 강변 약초 구릿대 미나리밭 움집 거인족 치료
주술사 살았다네

갓밧등 입전(笠田)마을 속에
구릿대밭 마을 시방도 전하네
백발 되어 인제 알았으니

길을 가다가

나그네 둘이서
다정히 가고 있네

저기 나무 무슨 나무인가
소나무지
저 멀리 저것은
대...

대가 무엇인가
나는 속이비어 말못하네
속 비면 말 못 하나

그럼 말할까?
속도 비지 않았다고

속차면 무언가
...가죽 속에 푸대자루지
쌀, 검은콩
까만 참깨도
많이 많이 담을 수 있지

속 비어
바람만 왔다 갔다 하는 거지
그래도 속은 차 있는 게 아닌가?

세상에 속 빈 것을
끝까지 찾아나 본다

별리화

무더운 여름 한철 지나 서늘한 가을이 오면
노란 꽃무릇꽃 대하나 붉은 꽃대 둘 밀어 올려 피어있다

그리움 기다림에 지쳐 애는 타고 없어
꽃대 사위어 간다

가을 지나 겨울이 오면 흰 눈발 온 산야 덮는데
바위틈 눈 속에 꽃무릇 새싹 솟아
서릿빨 푸르름 이여

꽃무릇

봄 초록에 꽃무릇 만발 했어도
여름에 꽃무릇 천지인데도
녹음 방초에 섞여 몰랐지

가을 붉은 꽃대 노랑 꽃대 울려 만발했어도
가을 홍엽 황엽 아롱다롱 울긋불긋 단풍에 묻혀서

온 산 백발 눈 속에 꽃무릇 한 포기 솟아
깜짝 놀랄 서릿발 푸르름 이여

나 홀로

구름도 감싸네
공기(空氣)도
족쇄 되어 죄고

산 꼭 대기 물
거꾸로 짓누르고

바위 속에 갇혀
숨을 끊고

언제나 그랬듯이
바람도 불지 않고
비도 오지 않네
천둥도 ....
바위 쪼개는
벼락도 치지 않네

칠흙의 지구 속
쥐구멍 속
지렁이 가느다란 굴(屈)

땅강아지 지나간.....

참집게에 깨진 눈알고둥아
따개비 높은 화산 봉우리여!!
엷은 창(窓) 찢어라
세상아...
이 세상아!

등산

푸르른 들판 지나 산기슭
골짜기 개울물 건너 산정에
바위 밀어 올리듯 산 오른다

산정에 오르니 올라 갈산 없고
내려갈 산만 널려 있음이라

굴러 내려가는 바위 먼저 보내고
느리장 느리장 산 내려가니
하늘 다람쥐 솔새 폴짝 뒹굴어난다
금강 초롱 더덕 숲풀향
솔향기가 산뜻도 하게 앞선다

모양성

빼앗기지 않은 묏 봉우리
성 쌓던 함성

공복루 높이 올라보니
노송 왕대 으악새 갈대 어울려 산다
성벽에 봉창 내고 밖을 보니
성벽 돌담 이끼 천년 세월

인심은 질그릇 물동이 사금파리 되어
이끼 낄 틈도 없어

인전강 영등시 백중사리에
우쭐대는 뗏목에 실려와

지금도
딸깍발이 양심으로 서 있구나

바닷가 풍경

바다는 언제부터 거기 큰 입 벌리고 살아왔나
모든 쓰레기 인간 다 받아 삼키고
그렇게 받아 넙쭉 넙쭉 배탈도 나지 않는다.

후미진 모퉁이 항구 끈질기게 그물 사리고 또 사리는
돌아버린 멍청이 할배야!
고기 낚으러 바다에 가고

바다는 그리움 되어 한없이 때리고 때리고
움푹 패여 무덤이 되어 오네

그래도 그물은 생명 줄인냥 끊어지지 않게
잇고 기워 더덕 더덕 또 사리네
바다에 미쳐 날뛰는 사람아!

그 조그마한 플랑크톤 잡으러 집덩이 만한 탱크 배몰고
가네
부질없는 어부야 그물도 찢어져 불에 타 없어
고래 찾아 꿈 높이 띄어 보내던
바다 속까지 훤히 내다보는 사람아

방등산에 올라

태백 소백 노령산맥 끝자락 방등산
봉화 깃발 신호 보내던 깃대봉
커다란 산 제비 북쪽향에 날아 가는 모양 연기봉
관군 지역 방어 주둔지 벽오봉
노젓가리 닮앗다는 노적봉
항학타고 노닐던 신선봉
다섯 봉우리 오래전 전해 온다

신성봉 망해경에 올라보니 칠산바다 저녁 금빛 노을 아
름답고
노적봉에 달뜨고 은장사 종소리 은은한데
관군 아낙네 서글픈 방등상가 아스라이 들린다

방장 옥계 흐르는 무심 동산 파리 재 넘어오는
갈길 몰라 길 묻고 또 묻는 지친 나그네
달빛 젖은 망해정에서 자하주나 한 잔 들고
쉬어가게나

방장산(方丈山) 바라보며

방장산 산자락 용화사(龍華寺)터에 앉아
구름에 휘감겨 백설의 섬인 양
아스라한 정상을 바라본다.
내려뻗은 위용은 백두산 정기가 내려뻗어
온 백호와 같고
그 형세는 삼릉 구릉이 용틀임하는
세차고 작열하는 형세로구나

향수 그리움 되어 눈물짓는 연기봉(燕岐峰)
제비야 마음대로 고향 댕겨오니라
나는 이곳에서 춘란을 돌보며 기다리이니
벽오봉(碧梧峰)에서 방등산가(方登山哥)를
목 터지게 부르며,
옥백고지의 무명용사의 슬픈 노랫소리 드르리라

용추폭포에 얼굴 씻으며,
중고기 다슬기 반디불이 불러본다
갈대는 무심천을 따라 갈곡천 이루고
벽 계동마을천은 벽계 천을 이루누나
학수암 일천은 방장옥계 이루었구나

삼룡복호가 빌 바위와 함께 살고
외얏등 상여 가마 바위 선사부터 있었네
구룡(九龍)목 대불 무간 창과 칼은 쇠똥만 남기고
합장(合將)골 장군(將軍)은 어디서 야망을 불사르는가

성적 굴에 나온 용을 찾아
무심원(無心園) 동 산에서 쉬어 갈꺼나

부러워할 세상 하나도 없어

하늘 우주 부러워 하던가
동산 세상 부러워 하던가
옹달샘 바다 그리워 하던가
풀 한 포기 거목 부러워 하던가

부러움은 시기를 낳고
시기는 질투를 낳고
질투는 증오를 낳고 증오 파멸을 낳는다 던가

나무도 크고 작든 서로 부러워 않고
아그배 나무도 배나무 부러워 않고
꽃도 크고 작든 부러워하지 않고
아그배 작은 꽃도 홀로 까만씨로 영글어 간다

파멸이 부러운가 세상 부러워할 것 하나도 없어

분노라는 것이 말이여

시월 이십오일 내 생일 어머니 미역국 시루떡 해주었지
시루에 시루떡 쌀가루 한두 룸 콩가루 한두 룸
쌀가루 한두 룸 또 콩가루 한두 룸
켜켜이 한 시루인 듯

분노도 시루떡 켜켜이 구분 없으면
엉키어 소르르 불타 올라
노을보다 붉다

시간 공간 콩가루 한켜 분기 마음 한두 룸 구별 되면
맑은 샘물 솟아 안평 할 새라

붓꽃 한 송이

하늘이 내게 천필 한 자루 준다면
채도 대비
명도 대비
보색 대비
서로 부딪치지 않는 꽃 한 송이
그리고 싶다

하늘이 티 없이 맑아
어두운 별도 훤히 보이게
그리고 싶어라

방장산 삼룡복호 양다리쪽 개천 못
며 감던 언덕배기
외로운 청색 붓꽃 한 송이
되고 싶어라

사과

하늘 향해 두 팔 벌린 사과나무
벌 좋아하는 흰 꽃 피우고

비바람 폭풍에 꽃비 날리면
아기 사과 아기 주먹돼 연다

따스한 햇빛 받아
고추 잠자리랑 붉게 익어 간다

곱디고운 살결 썩어 갈 때
진한 사과 향이 푸른 별 되어
온 밭에 풍기네

사라진 옛 집 그 자리에

산기슭 성두 자포리에 뗏벽 띠풀이엉
뗏집 한 채 있었지
대여섯 명 방안에 화롯불 방에 누워
망아지 여물 먹는 소리 외양간 송아지 젖 빠는 소리
밖에는 소복소복 눈 쌓이는 소리 들린다

사라진 그 옛터에 정미소 있더니만
지금은 분재 같은 소나무
돈 벌이로 뿌리 잘려 새끼줄 칭칭 감겨
붉은 잎 달고 줄지어 서 있다

몇 십만 년전 부드러운 흙 내음 속에
귀대고 듣는다

산 감

엄마 손잡고 외가 가던 산 모퉁이
연기봉 학수암 터 일천은 방계 이루고
방장산 검바위 둥벽 계는 벽계동 감고 흘러
갈곡천 이루었네

노령 갈대 억새꽃
달빛 속 첫눈 되어 날리면

갓 시집온 새색시 연지 볼로
까치밥 되어 너댓개 남아

오늘도 산천에 그 정 날린다

설악산 단풍

설악산에 붉은 불이 났네 활화산
내 친구 얼굴에 붉은 노을빛 물들어 눈 크게 뜨고
입벌려 뒤로 자빠지겠네

괜찮아 내가 등 뒤에 받치고
있은게롱

얼음 바람에 밀려 남쪽으로 가겠네

세월 낚시

위수 강가에 곧은 낚싯줄 다래끼 하나 놓고 낚시질

가는 길손 궁금하여 낚싯대 들었다 놓고
다래끼 올렸다 내려놓고
내일 밤도 잠 못 든다

달 속에 곧은 대 베어내어
곧은 낚싯대 하나 받침대 만들어
은하수 강가에 채비하고 낚시질 하니 세월 오며가며 잡혀
우주 다래끼 한가득 이 누나

세월타고 수학여행 간다 오늘도

손주 백일

손주 백일
아기 단풍잎처럼 귀여운 손에
하나 비와 할마니 하얀 집게손가락 잡혀줌이라

슬픈 자금우

붉은 빛방울 하나
노란빛 방울 둘
모여모여 자금우 한 그루

너는 언제 천냥금으로 개명했던가
세상도 모르게 고쳤구나

붉은 물방울 황금 물방울 눈물 되어 터트린
슬픈 자금우

시가 뭔 기여

세상에 퍼 올린 지하수 한 도래 박인가
아니면
낙동강 갈대숲 물닭 한 마리의 하얀 당갈 한 톨인가

그도 아니면
말과 시간과 공간의 비빔밥 한 술 이런가

아들아

이 세상에 하나 밖에
둘도
셋도

아버지는 세월 잡으러
매미채 들고 여름 좇아

빨간 고추잠자리 꼬리 잡다
덩그런 호박에 엉덩방아
빨간 고추 먹고

서리는 초가지붕 하얗게 덮어
달덩이 박 쪼그라들고
찬 서리 된 눈발이 야멸차게 날면
장승이 되어 지켜주고 싶은 아들아

아버지의 길

푸르름 들판 지나
낙엽 속 희망의길

삭풍에 진눈깨비 날 패치던 벌판 지나
책임 사랑의 눈길

바닷가 천 길 낭떠러지 절벽 위
외로운 나무 끝에 나부끼는 안전 보호 길

오롯이 지켜온 그 길
외롭고 호젓한 길

어느 빈 손

곱게 정제된 태고 흙 반죽 대하고 보니
설레임 파도처럼 일렁 인다

무얼 빚을까
술잔 접시 국자 주걱
오카리나 대금 해금통
어느 빈손 제목의 도자기 작품 만들 생각
토기 청자 분청자기 백자기 중 어느 것 선택해야지

모양성 앞 한옥 마을 도자기 체험장
원장내외 함박웃음 남기고
어느 햇빛 색깔 빈 손 자국만 덩그러니 남았습니다

억울한 죽음 앞에

쑥국새 한 마리 쑥국 쑥국 우니 쑥 천지인데
며느리혀 밥풀꽃 편백나무 숲에
쌀밥 테기 도더라저 보인다

백두 쌀밥 짓고 동해 된장 풀어 쑥국 끓이고
비린내 피순대 안주 광장 접시 소복이 담고
태평양 미주 빚는다

따뜻한 땅속에서 된장국 밥 말아 안주에 술 마시자
오 천년 억울한 죽음아
시퍼렇게 두려움 떠는 떠도는 차가운 넋아

그들 거름 삼아
나무 풀 시 되어 산야에
희디흰 무궁화로 곧게 펴라

검은 하늘에 반짝이는 별이여라
어두운 하늘에 깜빡이는 거울 별아

은장사

무얼 그리 많이 숨겼는지
방장산 노적봉 바로 올라
문장사 있는데
무얼 찾아 깊은 산골 안개 속 헤맨다

하얀 거 동안거 만행 길 마치고
팔만 가람 극락 정토 들었다 했는데
소요사 맞보이는 은 장사 터 종소리에 방등산가 아련하다

인생

태곳적 잉태로 태어나 황톳길 걸어라
한길 옆 가시밭 길 걷노라
낙타와 달 뜬 사막길 타발타발 걸었어라

날개옷도 놓고 갈란다
본디 그 모습
눈 시린 하얀 쇄골 맷돌에 곱게 빻아
방장산 파리 재
마파람에 흩날려라
하늘 향에 조그맣게 미소 띄운다

함박꽃 작은 웃음 한 조각조차
새털 구름 위에 던져라
날개옷도 놓고 간다
본디 그
모습 일 점의 섬광인 것을

조옹(釣翁)

방장산 무심천 흘러 흘러
명담 호 이루었네
새 갈댓잎 달빛에 으쓱이고
영롱한 이슬은 햇빛 붉은 여의주 되어
황틀 하나 잠에서 깬다

찢어진 황포돛대
도롱이 삿갓 쓰고
낚싯대 드리우고 있네

호수가엔 주인 기다리는
복슬 강아지모기
따스한 늦은 봄 볕에
까딱 까딱 졸고 있다네

종이배

고인돌 마을 벽계동에 소녀 하나 살았었지
벽계천에 종이배 하나 띄워 동동

무심천 징검다리 사이로
종이배 내려간다 계내 저수저 무너미 지나고
갈곡천 갈대숲 사이 어느새 바다

하얀 돛단배 되어 이 포구
저 포구
미끄럼 타듯 수평선 넘어 소풍 간다

진정한 탈춤

시기
질투심
멸시 얼굴 가리고 탈춤 춘다
이리저리 우쭐우쭐

거짓말
사기
사치스런 화려한 우세 감추고
탈춤
후즐근한 땀방울에 녹은 탈

무명 잠뱅이 적삼 입고
우쭐우쭐 흔들흔들 탈춤
흰 가을 목화 마음
회오라기 학춤 탈탈 털고
청학 한점 되어 날아간다

큰 바람 지나니 적막도 하구먼

잔잔한 호수에 바람이 분다
고요한 거목에 바람 분다
호수 일렁이고 나뭇잎 팔랑 거린다

마음 거울에 삼라만상 그림자
우글 어지럽다

그림자 바람 따라 떠나니
나무 호수 마음 거울만 남아
고요하다 못해 적막도 합디다

풍천 장어

풍천 강과 바다가 만난 곳
바다 강 영양염류 섞여 풍부한 곳

산천 골짜기에 부는 바람 풍천
역사 암울한 시기에 어물쩍 스며든
기수역 이란 오래전에 듣지 못했다고
귀 달린 어미 민물장어 머리 좌우 흔들며

풍천에 한 두어 달 적응 거쳐 머리 좌우 흔들며
산란회유 여행 떠났더니

이듬해
실뱀장어 풍천에 돌아와
어미 민물장어 되겠지

혼술

초가을 저녁 사늘한 바람 불고
귀돌이 귀 또르르 짝 찾는 소리
마당에 낙엽 바삭바삭 구르는 소리 들리고
정기 살 광에 김치 한 보시기 탁배기 한 병 가져와
허청마루 개 다리 소반 위에 놓고 앉아

태백이네 부르니 그림자 손잡고 월궁 마실 가고
태성 크게 부르니 온다 하나 너무 멀어
혼자 술 마신다

잔 들어 권할 리 없으니
오른손 병 잡고 왼손 잔 술 따르고
왼손 병 잡고 오른손 잔 술 따라
주고받고 여러 순배

술친구 잠들어 술도 제 집 물로 돌아가고
태성 오자 샛별도 서산 넘으니

새벽노을 불그스레 깨어나
찬물 한 사발 마시니 정도(淨到)하다

홀로 서 있는대 섬

풀 한 포기 내어 주고 또 주고
나무 한 그루 주고 또 주고
생명 흙 한 움큼 떼어 주고 또 한 움큼
섬이 된다

매어진 배 바라보며 구석구석 두리번두리번 챙겨주고
늙어 늙어 야위어 간다

바다보다 더 큰 뿌리 위에 흔들흔들
아스라이 떠 있는
섬

햇빛색깔 눈 쌓여
백발산천의 한겨울

고향은 어디에

대폿집 하얀 두부김치 막걸리 마시다 문득 고향 생각
무릎시린 포장마차 따근한
어묵 안주 소주 마시다가 고향 생각
찢어진 구름 타고 찾아간 고향

고향에서 고향 찾으니 고향 없고
자궁에 고향 찾으니 고향 없어

어머니의 어머니 자궁 이런가
우주의 자궁 이런가
천궁에 아늑한 끝자락일런가

그림자 노래

밝음의 발광체
맑음의 수정체
되쏘아 반사체 가로막아 그림자

음달 속에 그림자 되니
그 그림자도 보이지 않아

양달 속에 그늘 아닌
발광체 수정체 반사체로
남아 있거라

뒤집힌 바람

바람이 분다
산 날려버릴 듯
바다 뒤엎을 듯
태풍 몰아친다

불던 바람도 제풀에 지쳐
잦아 드니

고향 집 앞뜰 연못에 초저녁
초승달 샛별 떠 있다
내년에 풍년 풍천 들 건가

등대

텅 빈 하얀 마음 사랑 비추었지 깜깜한 밤에도
폭풍 몰아치는 밤도
눈보라 치는 한밤중에도

푸른 바다 배에서 마주 보았지
흙야는 백야에게
백야는 흙야에서 존재를 알았지

나는 너로 인해
너는 나로 인하여
서로 있음을 확인한다

따개비 화산

언제부터 살았는지
어떻게 살아왔는지
갯바위에 붙어 살고
태선 나무 껴안고 살고 그물을 안고 헉헉댄다

여름날 불덩이 갯바위에 붙어살고
엄동설한 겪어 태풍 파도 이겨 살았는데
때론 태풍 파도치고 매양 파도에 뺨 맞으니
살 수 없는 분노

그물 패선 목재 갯바위 떠나
화산 불 뿜은 따개비

망월동(望月洞) 친구

불러도 돌아보지 않는 친구야
귀신(鬼神)탄 세상 정신없었네
세상은 흔들려 꼬꾸라진 날

머리띠 불끈 매고 외치던
함성!
목젖이 떨어져 나와 진흙창에 뒹굴던
절규여!

그때 외침은 메아리쳐
물속에 잠기고
별똥이 되어 쏟아지누나

바람도 멈추어선 황량한 날
그 큰 하늘
벼락되어 내려라.....

지금도 소리 없는 한여름의 절규
따가운 해가 싫어... 만월이 되면
숨 가쁘게 찾아온다던

불러도 돌아보지못하는 망월동(望月洞) 친구여

무심

태곳적 잉태로 태어나
황토 밭길 걸어라
뻘 물속에 뒹굴어 진흙탕에 있어라

욕망 욕심 끝없는 세상
자족 하며 살다가

죽음의 수의도 벗어놓고 갈란다
본디 그 모습

보고픈 그리움

초록빛 나는 산 바다 그리워하고
푸른 바다 고향인 산 그리워

바다 분노 열받아 구름 타고 시우 단비 내려
산불 끄고 갈증 초목에 물 주고

산은 넘치는 쓰레기 때 씻으러
흰 눈 쌓여 깔린 듯 벽화 바다에 몀감는다
백곰 펭귄 희미한 얼음 조각배 타고 돌고래 갈매기
검은 기름흙에 감겨 숨 못 쉬고
날치 한 마리 잘 날고 있는지
퇴고에 살았다던 거인족 삶
보고픈 그리움

복잡 험난한 세상 뭐 땜시
우째서 사느냐고 물으신다면

거시기 뭐랄까
그냥 횡하니 살제

봄 여름 가을 겨울

따스한 마파람
희망 노래 들려주고

폭풍 비바람에 드러누운 갈대
물처럼 흘려보내라

찬 서리 소슬바람 떨구는 잎새 하나
그리움으로 남는다고
귀 시리게 노래하네

흰 눈 속 나무 끝 살에 이는 바람
기다림이라 쌩쌩이며 말하누나.

빚진 인간

빚진 자 내일 갚으려 하네
내일 말고 오늘이면 얼마나 좋을꼬

벼락을 맞으며
내일 꼭 갚는다 하네

내일
모래
세월 간 뒤

그 빚
또 갚는다 하네

삶

돌배기 걸음마 연습하듯
호기심으로 살아야지
열정으로 살아야지
의지로 살아야지
의미 있게 살아야지

포기 마지막 가는 길 떠난 후에 해도
늦지 않으리
그리움 기다림 양옆에 남아 있으니
살만하지 않은가

새벽

어두운 밤 뒤란에 밤 한 알 툭 또르르
밤 두 톨 툭 떨어져 데그르르

하늘에 별 하나 포르르 내려앉고
별 둘 홀떡 뛰어 내리어 후드득
왈칵 쏟아져 앞마당 한가득
별빛 환하게 새벽이 문열고 나온다

설사 똥을 싸며

그리도 급했다
아무것도 보이지 않는다.
해도
달도
별까지도

얼마나 참았나
인고의 세월
배를 움켜쥐고
뒤뚱뒤뚱 걸어라

찾고 또 찾아
세상은 이내 불이 나고
재만 남는가

유심(有心)한 인생은
무얼 찾아 헤매는가
한 없이
무심(無心)을 찾아본다

사방팔방에
무심은 없고
언제나
빈 마음 될까나

세상 사람아 강건 한가

허리에 호리 술병 차고
한 손엔 쓸개 안주

한 잔에
곰쓸개 한 방울

두 잔에
뱀 쓸개 두 방울

세 잔에
돼지 쓸개 안주

또 한 손에
토룡탕 들고 가네

어느새 쓸개 핏물 되어 녹아내리고
뻥 뚫린 가느다란 자라 콧구멍

무엇 하러 그렇게나
기를 쓰며 살고나 있나
이 세상 사람아

심부름

성실(誠實) 무심(無心) 이타(利他) 지키라는
심부름으로 이 세상 태어나

이 세상 살면서 넘을 이기려 말고
항상 밑진 듯 살며
남을 도우며 살고
남의 것 탐내지 말며
살아야 한다

날카롭게 나와 있던 돌부리에 찢기지 않고
한길 걷지 않고 좁은 길 마다하지 않으며
외로운 길 불편한 길 혼자 걸어와

이제사 도솔천 주막
옹기 술 한 병 받아와
술 한 잔 님 앞에 따루 옵네다

쓰레기

위대한 잉태로 태어나
저마다 필요에 소용으로 정답게
어울려 산다

싫어지고 새로운 욕망에
갈 길은 억만 가지

세파에 쓸리다가 찌그러져
아무의 정도 못 느끼는 쓰레기

그리 많던 아름다운 추억들
눈 시리게 재 속에 산다.

어깨를 기울고

어깨는 왜 좌측으로 기울고
좌측으로 기울면
점쟁이 생각

그리도 기울고 다니던 왼쪽 어깨
이제는
그 허망한 꿈

냉갈되어 서산으로
산산이 부서져

텅빈 공터

영롱한 영혼

부른다 부른다
휘파람으로 부른다
눈 쌓인 깊은 산속 산사에서 부른다
외로움이 외로움 부른다

하얀 산사의 손에 모이 놓아 산새 부르고
산 손 내밀어 손바닥에 도토리 다람쥐 다가온다
흰눈 깔린 도로 교통사고 엄마 잃은
다섯 남매 고돌이 데려와 따뜻한 먹이 주고
행운이라 이름 지어 대 이어 기른다

아롱다롱 자연의 영혼 닮아 맑은 영혼이다
영롱한 영혼

와송(瓦松)

천년 기와집 용마루 위 한 그루 와송
천상의 청학 한 마리 날아와 앉은 듯

뿌리 진부의 먼지로 얇게 덮고서
작열하는 햇빛에 목마르고
지나가는 소낙비 한 자락에
목축이며,
한 겨울엔 하얀 눈 이불 쓰고

따듯한 봄 기다리는데
거센 황사 바람만 분다

와송은 천만년 無想歲月 기다린다.

우내장탕

봄여름 황금물결 가을걷이 지나
한겨울 지난밤 쌓인 눈 속에 파묻힌 초가집
국민학교 등교 아침에 어머니의 펄펄 끓는 우내장탕 아
침 먹는데
강추위 눈 쌓인 학교 길 든든히 한 그릇 더 먹고 가야지

눈 쌓인 논 밭둑길 험하여 자빠지고 엎어지는 등굣길
판자벽 목조건물 국민학교 나무 바닥 교실에 오면
난로 피울때 까지 호 창문 찬바람 송송 불어와도 이마
등에 땀난다

지금도
벌건 조개탄 난로인 듯
온 몸에 땀 나고
강추위 쌓인 눈 속에 펄 펄 끓는 어머니의 우내장탕

자판기커피 한 잔

진눈깨비 날패치는 세상
오늘 또 커피 한 잔 마시고 싶다

에소프레소냐 여기 있소 프레소냐
헤이즐넛 커피냐 해질녘 커피냐
아메리카노냐 아무나 카노 커피냐

걸어 나온 자판기에 천 원 지폐 넣어
커피 한 잔 꺼내 간다

커피농장 소금 띤 어린 얼굴
후끈 가마솥 어머니 보리 숭늉 향기
자판기 커피 한 잔 속에 어리어 맴돈다

집

너와집 세월 강물에 떠내려간다
나와 집 한여름 커다란 눈사람 아파트 높게도 날아간다

바다 썰물 웅덩이에
소라 피뿔고둥 뱀고둥 달팽이 수랑 집게 한 마리 지나
간다
두 채인가
한 채인가

비 오는 날 따가운 햇볕 피하여
치마상추 잎 그늘 위에
민달팽이 한 마리
낮잠 잔다

우주 한 채 깨어나 두 눈 곧게 세우고
푸른 들판 싸목싸목 기어 간다

촛대 바위 촛불

촛대 바위 촛불 누가 껏나
바람이 껏나
비가 껏나 진눈깨비가 껏나
싸늘한 지나침의 태풍이 껐을까
비웃음의 폭우가 껐을까
냉소의 함박눈이 껐을까

촛대 바위 촛불 다시 켜지는날
바닷속 땅속
기다란 동굴 속 어둠
태양보다 고슬고슬 밝으리

친구같던 아버지

친구 같던 아버지 나의 친구
이 세상 둘도 없는 진정한 친구
관중 포숙아보다 더한
친구여

들판 개울가 가면
빠질세라 밤새워 별 동무
동구 밖 장승 되고
잠자던 샛별도 혼 쭐이 나던
장작 지고 허리는 끊어져
파릿제 장승백이 고무줄 삼아 오가던 세월

참 인간 돼라
물푸레나무 작대기 매 맞던
이제는 힘없는 매 뼛속에 사무쳐 온다

지금도 친구 찾아 삼룡복호(三龍伏虎) 밤새워 돌고 도네
이내 물이 되어 감싸고 돌건만
마음은 친구를 못 미쳐 천룡 등 언덕에
밤새워 기고 또
피 흘려 기어간다

칠성 형제

성씨 다른 칠성 형제 어머니 모시고 살았었지

어머니와 함께 이불 덮고자다 보면
새벽 아침 젖은 버선 자주자주 잠깨었지
칠형제 근처 무심천에 징검다리 놓아
칠성 다리라네

새벽에 젖은 버선 고슬고슬 아침마다 따뜻했는데
어느 날 어머니 하늘에 올라 북극성 되었네
어머니 그리던 칠성 형제 그리움 바다 되어
어머니 찾아 하늘로 날아가니 칠성 별이라

무심천 칠성 다리만 덩그러니 남았구나

하얀 동백

빼앗긴 세월
돌아가고 싶었으리

어머니 젖가슴 깊이 파고들
하얀 꽃잎 배 만들어

마파람에 띄워 보내기도 했으리라

파란 찢어진 구름에 실어 무던히도 날려 보냈겠지

하얀 동백 세월에 멍들어 녹물 뒤집어쓰고
저만치 서 있구나

부메랑별 가슴에 안고
조국 산천 흰 동백 숲
한 껏 날아라

막 세월 언저리 돌아 지나온
村老의 은빛 머릿결 같은 꽃이여

발문〔跋文〕

아름답고 자유로운 영혼의 미학

인간이 태어나서 살아온 환경에 따라 다르듯이
인간이 인간으로 인간답게 살아가기 위해 수행하며 성찰
의 시간을 갖는다는 것은 쉽지 않으며 그로 인해 시(詩)를
쓴다는 것은 더욱 아름다운 일이며 성찰하기 위한 자아 성
찰이다.

시(詩)를 쓴다는 것은 얼마나 아름다운 일이며, 살맛 나는
세상을 살아가는 것이라고 할 수 있다.
사랑의 씨를 가슴에 뿌리고 가슴으로 꽃을 피우고
단단한 열매를 맺기 위해 서로 사랑하고 나누는 것이라
했다.
시(詩)를 쓰는 사람은 하늘에서 주신 창조자라 했다.
시를 쓰는 사람은 말과 글과 행동 삼행이 일치해야 문인
이라고 했다. 그것이 펜의 힘이요. 선비와 같은 마음 즉 선
비의 정신이라고 했다.

오재균 시인은 자연을 사랑하고 고향을 사랑하고 가족의
대한 사랑을 노래하고 있다.
29세 젊은 나이에 여러모로 섬세한 문학적으로 타고난

소질이 있었다. 그동안 많은 작품을 집필하여 감춰진 소질
이 있었음에도 공직자로서 30년 동안의 퇴직을 하고 나서
야 진정한 문학의 길로 나섰다.

첫째 딸, 둘째 아들 상명이의 결혼식을 앞두고 2020년
12월 27일 『문예마을』 작가회에서 『하나밖에 없는 아들
아』 외 두 편으로 신인문학상을 받게 되었다.

오재균 시인은 봄이 와도 봄을 느낄 수 없는 아픔을 가지
고 있는 시인이다.

누구에게도 말할 수 없는 고통이 있다.

하지만 오재균 시인은 늘 긍정적이고 열정이 넘치는 훌
륭한 시인이다. 그래서 더욱 존경한다.

필자는 그래서 감사하는 마음으로 이 글을 쓰게 되었다.

우리는 감사할 일이 너무 많다.

우리는 감사할 일이 너무 많은데, 그것을 모르고 사는 것
이 현실이다.

오재균 시인의 작품 속에는 내면의 숨겨져 있는 아픔과

자연을 사랑하고 탐색하며 통찰력과 직관력 속에서 간접
적으로 내면의 세계를 인간의 삶을 이미저리(imagery) 형
상화하여 눈앞에 선보이고 있다.

원초적인 인간의 굴레에서 벗어나 자연과 자유와 미학적
이며 함축적인 언어로 표출하였으며 이미지를 형상화하여

꿈틀대는 생명과 섬세한 감성을 수채화처럼 그려내고 있다.

　등단한 지 4년 만에

　첫 시집 『푸른갯펄 세상 진검진검 걷다보니』 우리 곁으로 찾아왔다.

　오재균 시인은 부처 같은 마음을 품은 진정한 선비 정신으로 시를 쓰는 자유롭고 진솔한 시인이라고 말하고 싶다.

　발문에 시집을 읽어 보니 128편의 시가 있었다.

　독특하면서 팔딱팔딱 톡톡 튀는 살아있는 시각적인 글들이 내 가슴속에 들어왔다.

　누구에게나 고향은 있다. 고향을 떠나 그리워하며 마음 한편에는 돌아가고 싶은 원초적인 본연의 마음이 있을 것이다. 오재균 시인은 전라북도 고창에서 출생하여 지금까지 고향을 지키며 고향을 사랑하기에 떠나 본 적이 없다고 한다. 그래서 고향을 사랑하는 마음이 더욱 간절하기도 할 것이다.

　오재균 시인의 「산골에서」 작품을 감상해 보자.

　소리개 한두 마리 날아가던 두메산골

　도랑물은 즐거워 춤추며 거칠 것 없이 제멋대로 흐르고

　진달래 흐드러지게 피어 머리에 꽂고

윤사월 생채기 찍어 입은 떫어도 마냥 즐겁던

가재 찔룩새우 빨갛게 구워 먹고
피리 중고기 감뚝이 꿰어 옆에 차고
토끼풀 뜯어 어깨에 메고
희망의 발길 내려온다

풀 한 짐 모깃불 놓고
덕석 깔면 동네 사람 옹기종기 모여
옥수수 삶아 내놓고 감자가 빠질까?

왕골 부채 살살 모기도 놀라 저만치 가고
시원한 웃음소리 산천을 흔드네
한여름의 두메산골은 그렇게 갔었지

- 「산골에서」- 전문

어릴 적 산골에서 살아본 사람은 시구를 읽어 보면 고향
이 더욱 그리울 것이다. 고향의 향수를 함축하여 서정적인
이미지 형상화로 펼쳐 보였다.

2연에서
가재, 찔룩 새우 빨갛게 구워 먹고
피리 중고기 감뚝이 꿰어 옆에 차고
토끼풀 뜯어 어깨에 메고

희망의 발길 내려온다

  산골에서 만 볼 수 있는 가재, 찔롱새우, 피리 중고기, 감뚝, 토끼풀 등을 자연의 풍광을 자연스럽게 자연의 소중함과 꿈을 키워간다. 오재균 시인은 독특한 감성으로 시각적 이미지를 형상화했다.

  3연, 4연에서
  풀 한 짐 모깃불 놓고
  덕석 깔면 동네 사람 옹기종기 모여
  옥수수 삶아 내놓고 감자가 빠질까?
  왕골 부채 살살 모기도 놀라 저만치 가고
  시원한 웃음소리 산천을 흔드네
  한여름의 두메산골은 그렇게 갔었지!

  풀, 모깃불, 덕석, 옥수수, 감자 자연에서 쉽게 볼 수 있으며 즐겨 먹는 채소를 다정다감하게 힘들었던 어린 시절에도 불구하고 행복했던 시골 풍경의 이미지를 잘 형상화했다.

  이런 유년 시절에 한여름 밤 시골에서 살아 보았다면 한 번쯤 추억이 있을 것이다. 동네 사람들과 가족 같은 분위기가 얼마나 그리운가! 현재 우리는 이웃과의 정을 얼마나 나누며 살고 있는가? 불확실한 삶 속에서 모두가 이렇게 살고 싶은 마음은 누구나 로망일 것이다. 각변하는 현실 속에서 더욱 고향을 그리워하게 한다. 바로 고향의 향수이다.

「바로 걷는 게」 작품을 음미해 보자

나 평생 바로 걷는 게 찾아
그 넓은 갯벌 다 헤맸다네
태초 우주 갯들에서

내가 아끼고 가장 사랑하는
고창 앞 곰소 갯벌까지
다 뒤지고 뒤져 찾았지만
모두 다 옆으로 옆으로 라네
실망과 실망의 연속이네

그러나
희망은 있을 것이여
너는 꼭 찾을 수 있다고
지나가는 갈매기 끼르륵
가느다락게 일러주고 가누나

다시 찾고 찾아
억겁 세월

후미진 대섬 모퉁이 바위 틈새

밤게
바로 걷고 있구나

이 세상 사람도 언제나 밤게 되어
바위섬 바로 오를 줄 알는지

- 「바로 걷는 게」 - 전문

오재균 시인은 바른길을 찾으려고 고향인 곰소 갯벌까
지 가서 뒤지고 찾았지만 찾지 못하고 실망과 절망 속에
서 헤매고 있었다. 그러나 마지막 연에서는 억겁 세월 속
에서 진솔한 「바로 걷는 게」를 찾아낸다. 대명천지에서 찾
는 것이 아니라, 후미진 섬 바위 틈새에서 「바로 걷는 게」
를 찾게 된다. 그토록 찾아 헤맨 것은 올바른 삶이요, 자신
의 마음속에 있는 바른길 진솔함을 찾는 성찰의 길이요.
깨달음을 주는 시적 언어의 조화와 융합을 내면의 삶을
투영한 것이다.

다음 작품은 「억울한 죽음 앞에」 작품을 음미해 보자.

쑥국새 한 마리 쑥국 쑥국 우니 쑥 천지인데
며느리여 밥풀꽃 편백나무 숲에
쌀밥 테가 도더라 저 보인다

백두 쌀밥 짓고 동해 된장 풀어 쑥국 끓이고
비린내 파순대 안주 광장 접시 소복이 담고
태평양 미주 빚는다

따뜻한 땅속에서 된장국 밥 말아 안주에 술 마시자
오 천년 억울한 죽음아
시퍼렇게 두려움 떠는 떠도는 차가운 넋아

그들 거름 삼아
나무 풀씨 되어 산야에
희디흰 무궁화로 곧게 펴라

검은 하늘에 반짝이는 별이어라
어두운 하늘에 깜빡이는 거울별아

- 「억울한 죽음 앞에」- 전문

　인간은 태어나서 사랑받기 위해 태어났으며 행복하게 살기 위한 원초적인 본연의 마음과 살아서 꽃을 피우고 행복을 누리기 위한 삶이 최고의 행복일 것이다.
　누구나 죽음 앞에서는 두려울 것이고 말할 수 없는 고통이 따를 것이다. 인생에 있어 최고의 불행이며 무서운 일이다.

　이 세상에 억울하게 죽은 사람이 얼마나 많은가?

호국 영령들을 위한 기도하는 넋을 기리는 기도뿐만이 아님을 볼 수 있다.

나라를 위해 싸우다가 목숨을 바친 사람, 억울하게 강자에게 약자는 죽임을 당한 사람들, 꽃을 피우지 못한 어린아이들, 모든 억울한 죽음 앞에 영령들의 애도하는 글이다.

오재균 시인은 「억울한 죽음 앞에」 그들을 위해 애도하며 영령들의 넋을 기리며 「억울한 죽음을 앞에」 행복을 기원하는 추상적으로 서사화하였으며 미시적 표현으로 이미지를 형상화하였다.

다음 작품 「심부름」 작품을 음미해 보자.

성실(誠實) 무심(無心) 이타(利他) 지키라는
심부름으로 이 세상 태어나

이 세상 살면서 넘을 이기려 말고
항상 밑진 듯 살며
남을 도우며 살고
남의 것 탐내지 말며
살아야 한다

날카롭게 나와 있던 돌부리에 찢기지 않고
한길 걷지 않고 좁은 길 마다하지 않으며

외로운 길 불편한 길 혼자 걸어와

이제야 도솔천 주막
옹기 술 한 병 받아와
술 한 잔 님 앞에 따루 옵네다.

-「심부름」- 전문

오재균 시인의 부모님께서는 가족을 사랑하는 마음으로 가훈을 지표가 되는 교훈을 남겨 주신 것이다.

1연에서는
성실(誠實) 무심(無心) 이타(利他) 지키라는
심부름으로 이 세상 태어나

가정을 인생의 낙원이라고 한다면 가훈은 그 가정을 행복하게 만들려는 가르침이고, 나아가서는 아름다운 사회와 살기 좋은 나라와 평화로운 세상을 이룩하는데 지표가 되는 교훈이라는데 의미가 있다.

"성실(誠實) 무심(無心) 이타(利他) 지키라는 "

부모님께서 한 번 뿐인 인생, 이 세상에 태어나서 실천하며 분초를 다투어 변천하여, 발전하는 교화되고 있으며

이에 수반되어 우리 사회생활도 그만큼 다양화되고 복잡화되고 있는데, 이런 세태에서 꼭 의식해야 할 점이 현대적 문화생활에 적응할 수 있는 지혜로운 소양과 실천 능력을 갈고닦는 많은 지혜롭게 실천하며 그 바탕으로 가정교육이 근본이 되고, 학교와 사회교육으로 이어짐을 알 수 있다. 오재균 시인은 수련되어 주력이 되었을 것이다.

　2연에서는
　이 세상 살면서 넘을 이기려 말고
　항상 밑진 듯 살며
　남을 도우며 살고
　남의 것 탐내지 말며
　살아야 한다

　부모님께서는 말씀하십니다. 남을 배려하고 항상 밑진 듯이 살라 하시며 이웃과 나누며 살라 하시고 남의 것을 탐내지 말고 살라는 교훈을 주셨다.
　그래서 옛날 우리 선조들은 그 나름의 가훈을 정하고 실천 덕목으로 삼았다.
　어버이에 대한 효도, 어른의 공경, 형제간의 우애, 부부간의 화순, 친척 간의 화목, 조상 숭배 등 교훈을 주심을 깊은 뜻으로 실천하라는 깊은 뜻을 알 수 있다.

　3연에서는

날카롭게 나와 있던 돌부리에 찢기지 않고
한길 걷지 않고 좋은 길 마다하지 않으며
외로운 길 불편한 길 혼자 걸어와

오재균 시인은 훌륭하신 부모님 사랑을 받으며 실천으로
하며 삶을 성실하게 살았음을 증명하듯이 표현하고 있다.
그러나 현실은 그렇지 않았음을 알 수 있다. 많은 역경이
있을 것이다.
이 가훈으로 실천하였으므로 삶이 풍요롭고 미풍양속을
이어받아 계승하여 복잡한 세태를 슬기롭게 극복하고 있
는 것임을 시구를 통해 알 수 있다.

4연에서는
이제야 도솔천 주막
옹기 술 한 병 받아와
술 한 잔 님 앞에 따루 옵네다.

오재균 시인은 고희의 나이가 되자 조상님께 진솔하고
감사하는 마음으로 술 한 잔을 조상님께 바치는 절실하고
요망되는 뼈대 있는 집안에서 성장하였음을 늦게나마 깨
달음을 주는 교훈을 주는 작품으로 이미지 형상화하였다.

오재균 시인은 유년 시절부터 부모님의 효심을 이어받아
가족들과의 정과 사랑을 실천하였으며 더 낳아가서 사회

에서도 성공할 수 있었으며 공직자로서 훌륭한 길을 걸어
올 수 있음을 알 수 있다.

128편으로 4년 만에 고희 나이에 첫 시집 『푸른갯펄 세
상 진검진검 걷다보니』 우리 곁으로 돌아왔다.

팔딱팔딱 가슴 뛰는 시각적, 미각적, 청각적 발상으로
이미저리(imagery) 형상화하여 선보이고 있으며 육체적
고향뿐만 아니라 영혼의 고향을 지키며 탐색하는 고향은
우주요. 어머니 품속 같은 모체이다.
한 줄의 시를 잉태하기 위해 얼마나 고난의 길이 있었을
까? 그 고난 끝에 실존 앞에 우리의 어머니처럼 출산하는
것이다.

이 순간을 영혼으로 헛되이 살지 않았으므로 우주의 만
물과 진검진검 느림으로 자기만의 진솔함과 오로지 한 길
만을 걸어왔으며 조선의 선비와 같은 정신으로 상상력의
극치를 보여준다.

- 시인, 아동문학 작가 송미순

一泉吳在均